INSTITUT DE FRANCE

ACADÉMIE DES SCIENCES MORALES ET POLITIQUES

RAPPORT

PRIX AUDIFFRED

(ACTES DE DÉVOUEMENT)

A DÉCERNER EN 1899

FAIT PAR

M. FÉLIX ROCQUAIN

Dans la séance du 22 avril 1899

PARIS

TYPOGRAPHIE DE FIRMIN-DIDOT ET Cⁱᵉ

IMPRIMEURS DE L'INSTITUT DE FRANCE, RUE JACOB, 56

M DCCC XCIX

INSTITUT DE FRANCE.

ACADÉMIE DES SCIENCES MORALES ET POLITIQUES

RAPPORT

SUR LE

PRIX AUDIFFRED

(ACTES DE DÉVOUEMENT)

A DÉCERNER EN 1899

FAIT PAR

M. FÉLIX ROCQUAIN

Dans la séance du 22 avril 1899

PARIS

TYPOGRAPHIE DE FIRMIN-DIDOT ET Cⁱᵉ

IMPRIMEURS DE L'INSTITUT DE FRANCE, RUE JACOB, 56

M DCCC XCIX

INSTITUT
1899 — 11.

INSTITUT DE FRANCE

ACADÉMIE DES SCIENCES MORALES ET POLITIQUES

RAPPORT

SUR LE

PRIX AUDIFFRED

(ACTES DE DÉVOUEMENT)

A DÉCERNER EN 1899

FAIT PAR

M. FÉLIX ROCQUAIN

Dans la séance du 22 avril 1899

MESSIEURS,

Depuis cinq ans, l'Académie des Sciences morales et politiques a l'heureux privilège de décerner un prix annuel de 15 000 francs, dont l'a dotée Mme veuve Audiffred, « pour honorer les plus grands, les plus beaux dévouements, en quelque genre qu'ils soient ». Se conformant aux nobles intentions de la fondatrice, votre Compagnie a tour à tour honoré par ce prix la science mise au service de l'humanité, la charité éclairée et fortifiée par la religion. Elle a cherché au delà même de notre pays les dévouements qu'elle voulait honorer. Elle a décerné le prix à ces missionnaires courageux qui, sous la direction de Mgr Augouard et de Mgr Livinhac, combattent en Afrique la plaie de l'esclavage. Elle l'a décerné également à l'homme éminent qui, dans ces mêmes contrées, a donné à la France et à la civilisation ce vaste territoire qu'on nomme le Congo français, à Pierre Savorgnan de Brazza. Cette fois, c'est encore vers le continent noir, vers cette terre d'Afrique où se heurtent les ambitions, mais aussi où se déploient les courages, que votre commission a porté son attention, et c'est au capitaine, aujourd'hui commandant Marchand, à l'explorateur persévérant et hardi qui a bien mérité tout ensemble du pays et de la science, qu'elle vous propose de décerner le prix (1).

On sait quel a été le but de la mission confiée au capitaine Marchand. Essayer d'ouvrir par delà le bassin de l'Oubangui qui touche notre domaine du Congo une route de commerce vers le Nil, puis du Nil la continuer par l'Abyssinie jusqu'à la terre française de Djibouti ou d'Obock, relier ainsi l'Atlantique à la mer Rouge en faisant pénétrer dans des contrées à peu près ignorées l'influence de la civilisation européenne, tel était le grand objet qu'on s'était proposé. Sous l'habile et prudente di-

---

(1) MM. Liotard, gouverneur de l'Oubangui, Bobichon, commissaire du gouvernement dans le haut Oubangui ; Georges Baratier, frère de l'officier dont le nom est aujourd'hui si connu ; Émile Cère, député du Jura et l'un des plus intimes amis du commandant Marchand, ont beaucoup facilité notre rapport par les renseignements qu'ils ont eu l'obligeance de nous communiquer. M. Terrier, secrétaire général du comité de l'*Afrique française*, qui a bien voulu nous autoriser à reproduire la carte ci-incluse, et M. Fontaine, attaché au secrétariat du même comité, ont droit aussi à nos remerciements.

CARTE DU BAHR-EL-GHAZAL

Levée par le Commandant Marchand

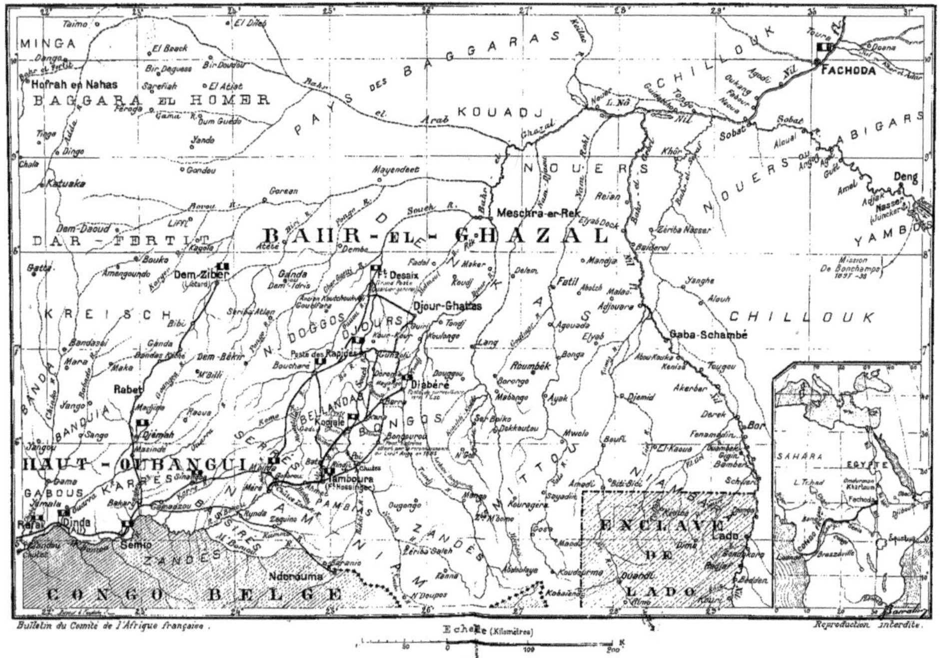

rection de M. Liotard, gouverneur de l'Oubangui, et à qui notre ministre des Affaires étrangères a décerné publiquement de si justes éloges, les progrès de notre action nous avaient déjà conduits, en 1895, dans les régions inoccupées du Bahr-el-Ghazal, c'est-à-dire dans le bassin du Nil, où, dès février 1896, M. Liotard avait fondé un poste à Tamboura, sur le haut Soueh. En pénétrant plus avant dans ces régions nous allions nous trouver en des territoires inexplorés, au milieu de populations inconnues et qui pouvaient se montrer hostiles, peut-être même nous heurter à des bandes madhistes. Il fallait donc appuyer notre action, jusqu'alors toute pacifique, par des forces suffisantes. Pour commander ces forces et diriger l'entreprise qu'elles étaient, au besoin, destinées à soutenir, on choisit le capitaine Marchand, exercé déjà par sept années de campagnes soudanaises, homme énergique et résolu, qui, après avoir, durant plusieurs mois à Paris, étudié son itinéraire et procédé à tous les préparatifs, s'embarqua à Marseille à la fin de juin 1896.

Le 23 juillet, il débarquait à l'extrémité sud du Congo français, à Loango, où l'avait précédé le capitaine Baratier, qui avait emporté toutes les charges de la mission. Avec cet officier, la mission comprenait les capitaines Germain, Simon, Mangin, le lieutenant Largeau, l'enseigne de vaisseau Dyé, douze sous-officiers français, parmi lesquels il convient de citer l'adjudant de Prat, l'interprète Landeroin, et cent cinquante tirailleurs sénégalais. A peine débarqué, Marchand rencontrait un premier obstacle. La route entre Loango et Brazzaville était coupée par une révolte d'indigènes qui avait éclaté depuis deux mois. Ce n'était pas seulement le chemin fermé à la mission, c'était, sur un parcours considérable, tout commerce arrêté. Cette circonstance était d'autant plus fâcheuse qu'avec plus de trois mille colis appartenant à la mission il y en avait environ douze mille autres qui se trouvaient à Loango, destinés soit au gouvernement de l'Oubangui, soit au commerce, et dont Marchand devait opérer le transport (1). Chargé par le gouverneur général de Brazza de réprimer la révolte, Marchand, tout en regrettant d'être obligé, dès le début, de recourir à la force, agit avec vigueur. Commencées à la fin d'août, les opérations durèrent tout le mois de septembre. Cependant Marchand tombe malade, et, dans la nuit du 1er octobre, on le crut mort. Il était en ce moment à Loudina, éloigné de Brazzaville de 250 kilomètres. Il se remet toutefois, achève de réprimer l'insurrection, et fait des indigènes qu'il a soumis des convoyeurs pour ses innombrables colis, qui arrivent enfin à Brazzaville. On doit dire qu'une partie de ces charges avait été transportée jusqu'à mi-route par le chemin de fer belge alors en exploitation, tandis qu'une autre, sous la conduite du capitaine Baratier, était allée prendre la voie fluviale du Niari, dont cet officier réussissait à franchir les treize rapides, et qui l'amenait, à six jours de Brazzaville, sur la route de terre suivie par Marchand.

L'arrivée de la mission à Brazzaville eut lieu dans les

---

(1) Pour plus d'exactitude, nous dirons qu'outre les charges destinées à la mission, il y en avait 5 000 pour le commerce, 3 000 pour l'Oubangui, 2 000 pour les postes de la vallée de la Sanga et 2 000 pour la mission Gentil, qui, arrivée elle-même le 28 octobre 1895 à Brazzaville, cherchait alors à se diriger vers le lac Tchad.

premiers jours de novembre. Là on devait quitter la voie
de terre pour s'engager sur le Congo. Marchand organise
aussitôt ses derniers préparatifs. Il emprunte à des com-
pagnies belges ou hollandaises plusieurs bateaux à vapeur,
fait venir de Loango cinq chalands, quelques pirogues, et,
moins cinq mille colis qu'il laisse à Brazzaville pour le commerce, réunit toutes ses charges. De décembre 1896 à
février 1897, des détachements successifs partent sur ces
vapeurs, emmenant le restant des charges, les chalands et
les pirogues, et, le 10 mars, Marchand, accompagné du
capitaine Baratier, prend place à son tour sur la *Ville-de-
Bruges*.

C'est alors, à proprement parler, que commence la marche en avant. A la navigation sur le Congo succède la
navigation sur son affluent l'Oubangui, et, au bout d'environ vingt-cinq jours, on aborde à Bangui, station prin-
cipale du fleuve. Là on se débarrasse encore d'une quan-
tité notable de charges (1), et l'on ne tarde pas à repartir.
Mais, depuis Bangui jusqu'à une autre station appelée
Mobaye, le fleuve, par ses rapides et son lit inégal, n'est
plus accessible pour les gros vapeurs, d'autant que c'était
la saison des basses eaux, et il faut faire usage de pirogues. On ne garde que les chalands, et aux quelques
pirogues amenées par la mission l'on réunit cent soixante-
quinze pirogues qu'on obtient des naturels du pays avec
deux mille deux cents pagayeurs. On embarque tout le
matériel, et, durant près de quinze jours, on suit ainsi,

---

(1) Celles de l'Oubangui et de la Sanga. Quant à celles de la mission
Gentil, elles furent laissées un peu après Bangui, à Ouadda.

et non sans difficulté, le cours de l'Oubangui. Pour cette portion du trajet, Marchand trouva, on doit le dire, un secours des plus précieux dans M. Bruel, administrateur colonial, et particulièrement dans M. Bobichon, commissaire du gouvernement dans le haut Oubangui, que M. Liotard avait envoyé au-devant de la mission.

De Mobaye aux Abiras, point où l'on rencontre la rivière M'Bomou, le fleuve redevient navigable, et l'on put se servir du *Faidherbe*, vapeur léger et rapide qui appartenait au gouvernement de l'Oubangui et qui faisait ordinairement le service entre ces deux stations. Avant d'arriver jusque-là, le projet de Marchand était de reprendre la voie de terre, de monter avec ses charges vers le Nord le long de la ligne des postes établis par M. Liotard, d'atteindre ainsi Dem-Ziber, le plus éloigné de ces postes, puis, faisant de là vers l'Est un immense arc de cercle au-dessus du Bahr-el-Ghazal, autrement dit la Rivière des Gazelles, de gagner le haut Nil à Fachoda. Une partie de ses charges avait même commencé de prendre cette direction, quand il reçut de M. Liotard l'avis de changer son itinéraire, à cause de la grande difficulté qu'il aurait de trouver des porteurs, de continuer vers l'Est jusqu'à Tamboura, et de gagner ensuite au Nord la Rivière des Gazelles (1). Malgré sa crainte d'être arrêté longtemps dans les régions marécageuses du Bahr-el-Ghazal, qu'on a comparées à une éponge d'où l'eau ruisselle de tous côtés, Marchand crut devoir se conformer à cet avis. Il rappela son avant-garde qui avait déjà, au Nord, dépassé Rafaï,

---

(1) C'est un peu avant Mobaye, à Kouango, que Marchand reçut cet avis.

et, se décidant à garder le *Faidherbe* avec ses chalands pour les transporter dans le Bahr-el-Ghazal, il continua, depuis les Abiras, à s'engager dans la direction de l'Est.

La mission allait entrer dès lors dans la partie pénible de son parcours. Quelque zèle que Marchand eût déjà déployé et dût déployer encore dans cette grande entre-prise, les forces physiques chez lui ne répondaient pas toujours à l'ardeur dont il était animé. Dans une lettre que peu de temps auparavant il adressait à l'un de ses intimes amis de Paris, M. Émile Cère, aujourd'hui député du Jura, il écrivait : « La terrible vie que je mène depuis bientôt dix ans et surtout les fatigues énormes qu'il m'a fallu subir ces six derniers mois m'ont courbé comme un vieillard. Ce sera probablement la fin de mes voyages en Afrique. Mais, pourvu que la mission réussisse, j'accepte, et bien volontiers, la mort. » Puis, se reprenant à l'espérance : « Nous avons fait, disait-il, beaucoup d'observations astronomiques et météorologiques, beaucoup de croquis, beaucoup de photographies. Je compte en rapporter quatre à cinq mille. J'ai fait faire des panoramas photogra-phiques de Loango, de Brazzaville ; j'en ferai faire égale-ment de Semio, de Dem-Ziber, de Fachoda et…d'Obock, si Dieu veut, comme disent les musulmans. Ce sont là les grandes étapes, les bases successives de la mission. » Et il terminait par ces mots : « Un jour nous nous reverrons, et ce jour-là j'aurai réussi pour la patrie ! »

La route de l'Est que, sur l'avis de M. Liotard, avait choisie Marchand, suivait la vallée du M'Bomou. Ce fleuve, crevé de barrages, de rapides et de chutes dans son cours inférieur, était considéré comme totalement impropre à la navigation. En outre le cours supérieur n'avait jamais été reconnu. Marchand, qui avait résolu de transporter avec lui sa petite flottille, essaie néanmoins d'user de la voie fluviale. Il partage la mission en deux groupes : le convoi et la flottille. Les officiers du premier groupe, c'est-à-dire du convoi, font en vingt jours l'hydrographie du cours inférieur, relevant avec un soin minutieux tous les obstacles. On démonte alors le *Faidherbe* qu'on allège de sa chaudière et dont on partage la coque en trois tranches, l'on se procure de nouveau des pirogues, et l'on se met en marche en prenant tantôt les biefs navigables où les tronçons du *Faidherbe* étaient portés sur les chalands, tantôt la voie de terre où le *Faidherbe,* ainsi morcelé, et les autres embarcations étaient tirés avec des cordages sur des rouleaux par dix-sept à dix-huit cents hommes. Aux fatigues d'un tel trajet s'ajoutait à ce moment une chaleur humide et étouffante que rendait plus intolérable le fléau des moustiques. Après deux mois environ de cette pénible besogne, à laquelle avaient coopéré de nombreux indigènes, on arriva à la fin de juillet en amont des grandes chutes de Baguessé, limite du cours inférieur.

Pendant ce temps-là, le premier groupe, tout en faisant le transport de trois mille charges par terre au nord du M'Bomou, s'avançait au delà de Semio et reconnaissait le cours supérieur. S'il n'eût pas été navigable, c'étaient 700 kilomètres de montagnes, de ravins, de forêts et de marais à travers lesquels il eût fallu traîner la flottille, œuvre qu'on pouvait regarder comme impraticable. Par bonheur on découvrit un bief de plus de 500 kilomètres de développement, où les bateaux, partant de Baguessé, pouvaient être dirigés sans obstacle et atteindre l'affluent de droite du M'Bomou, le Bokou, lequel conduisait au confluent de la Méré, non loin de Tamboura. Ce fut au capitaine Baratier que revint le mérite d'avoir achevé l'hydrographie du M'Bomou, désormais reconnu de son embouchure à ses sources extrêmes. Toute crainte étant ainsi écartée, on s'engage avec le *Faidherbe* démonté et le reste de la flottille sur le cours supérieur du M'Bomou de la manière qu'on avait fait sur le cours inférieur, et, le 19 août, on entrait dans le Bokou. Là, bientôt, nouvelles difficultés. En approchant de la Méré, le cours du Bokou était si étroit qu'il ressemblait à un ruisseau. De grands arbres se croisaient d'un bord à l'autre, et il fallut, pour avancer, les couper à la hache, puis retirer les troncs abattus qui encombraient le lit peu profond et pierreux de la rivière. Parfois même le lit s'élevait à ce point au niveau des eaux, qu'on dut pousser les bateaux sur les roches. Le 12 septembre, on parvenait enfin au confluent de la Méré, à 35 kilomètres du partage des eaux des bassins du Congo et du Nil et à 70 kilomètres de Tamboura. C'est alors que M. Bobichon, qui avait si utilement aidé à ces difficiles transports, se sépara de Marchand. Que si l'on veut connaître la longueur du chemin qu'avait déjà parcouru la mission, nous dirons que du confluent de la Méré à Brazzaville il y a 3330 kilomètres (1), et qu'on en compte 520 de Brazzaville à Loango.

Cependant Marchand continuait d'avancer. Il fallait cette fois gagner le Soueh, qui coulait à une distance notable

---

(1) De la Méré aux Abiras il y a plus de 1 700 kilomètres de rivière.

du lieu où l'on s'était arrêté et dont le cours n'était pas reconnu. Ce n'était pas tout. Les Djours, tribu vassale des Dinkas, et dont cette rivière traversait le pays, étaient en guerre avec le sultan de Tamboura, qui retenait auprès de lui comme captifs des hommes de cette tribu et la fille même du chef des Djours, âgée de dix-sept ans. Marchand se rendit avec le capitaine Baratier à Tamboura, obtint du sultan de restituer les captifs, et alla en personne remettre la jeune fille aux mains des Djours. Il s'acquit ainsi l'amitié d'une tribu dont il pouvait craindre l'hostilité ou tout au moins les méfiances. Il revint ensuite sur ses pas pour accomplir la seconde partie de la besogne qu'exigeait la marche en avant. Laissant au capitaine Baratier le commandement provisoire de la mission, il alla lui-même chercher le point où le Soueh devenait navigable ; puis, ce point trouvé, il prit passage, avec huit hommes, dans un tronc d'arbre creusé en pirogue et se confia au courant. Il arriva ainsi au confluent de la Ouaou, à une station où il devait plus tard établir le fort Desaix, ayant fait en trois jours, à raison de 120 kilomètres par jour, l'hydrographie de cette partie du Soueh ; après quoi, et non sans quelques péripéties, il rejoignit le gros de la mission.

La difficulté fut alors d'atteindre de nouveau le Soueh avec tout le matériel. Il n'y avait pas de route frayée. En un mois, on en ouvrit une à travers la brousse par la hache, la pioche et la mélinite, jetant çà et là des ponts sur les ravins, route large de 8 mètres et longue de 160 kilomètres. C'est par là que furent portées, avec les chalands et les charges, les pièces disjointes du *Faidherbe* dont on ne fit le remontage que sur les bords du Soueh. A l'en-

droit où cette rivière devenait navigable, on établit un
premier poste, le fort Kodjalé, comme entre celui-ci et
le fort Desaix on en établit un autre, le fort des Rapides.
Ces trois points furent la base d'opérations où vinrent s'in-
staller les trois mille colis du convoi et les divers éléments
de la flottille. On était alors au mois de novembre 1897.
Du fort Desaix, dont il fit son quartier général, Marchand
se mit en relations avec la tribu nombreuse et puissante
des Dinkas, qui devinrent ses amis, comme l'étaient déjà
les Djours. L'hiver se passa à ces négociations, en même
temps qu'à assurer notre établissement dans ces régions.

La mission se rapprochait ainsi de plus en plus du Nil.
Dans une lettre datant à peu près de cette époque, Marchand disait : « J'ai maintenant dans le bassin du Nil une
forte situation... Il ne faudrait pas croire néanmoins que
tout est agréable dans notre état. Nous mourons de faim
d'abord, et depuis longtemps c'est la chasse qui nous
nourrit. Et puis, comment atteindre le Nil? Serons-nous
obligés de manger l'embach des marécages? » Parlant ensuite
de tant de difficultés qu'il avait déjà dû franchir : « Chaque
nouveau poste créé dans ces immenses régions, chaque
centaine de kilomètres en avant constituent un travail
colossal, une lutte incessante contre l'impossible. Et pour-
tant le triomphe final est à ce prix ; et, malgré tout, quelque
obstacle nouveau qui se dresse sur notre route, nous
triompherons ; il le faut pour la grandeur de la patrie ! »

Cependant, ainsi que l'écrivait Marchand, il fallait
atteindre le Nil. Pour cela, il fallait continuer à suivre le
cours du Soueh, encombré à cet endroit de hautes herbes,
de roseaux et de papyrus, jusqu'au point où commence le

Bahr-el-Ghazal qu'on disait navigable. On ne possédait aucune donnée sur l'hydrographie du bas Soueh, et l'on n'en avait que d'incertaines sur celle du Bahr-el-Ghazal. Marchand chargea le capitaine Baratier de cette importante reconnaissance. On se rappelle les détails émouvants de cette opération, racontée par cet officier lui-même dans une lettre dont des extraits ont été publiés.

C'est le 12 janvier 1898 que partit le capitaine Baratier, monté sur un chaland, et emmenant avec lui l'interprète Landeroin, vingt tirailleurs et huit pagayeurs. D'après les indications fournies par les Dinkas, quinze jours devaient suffire à cette opération. La navigation ne fut pas d'abord très difficile. Mais bientôt le capitaine Baratier voit le Soueh se rétrécir; les berges s'abaissent, puis s'effacent, et l'on circule au milieu des roseaux formant, par intervalles, de forts barrages qu'il faut ouvrir pour avancer. Pas un coin de terre pour se reposer la nuit; ce ne sont que marais de tous côtés. On couche tantôt sur le chaland, tantôt sur les herbes épaisses et serrées qui s'élèvent, comme un plancher, au-dessus du lit du Soueh. En outre les vivres commencent à manquer. On avait réussi, au début, à tuer deux éléphants; mais cette nourriture est vite consommée, et il faut vivre de racines. Parfois, à la place d'eau on ne rencontre que de la vase, sur laquelle les hommes, enfoncés jusqu'aux aisselles, tirent le chaland. Quelques indigènes qui se montrent au loin, et à qui l'on fait des signes, approchent, non sans défiance; mais, un moment après, ils s'éloignent. La fatigue et surtout la faim ont épuisé les hommes. Heureusement l'on trouve deux ignames et l'on tue un grand marabout égaré de ces côtés. Peu à peu l'eau reparaît; des arbres commencent à se dessiner, et l'on entre dans un chenal rapide, bordé çà et là par de la terre ferme. Est-ce le Ghazal? Soudain, le chaland reçoit une forte secousse; il a été crevé par un hippopotame. Il faut se jeter à l'eau au milieu des herbes, tirer le chaland à terre et le réparer. La réparation faite, on repart. Le chenal se montre alors divisé en plusieurs bras que, faute de direction certaine, on est forcé d'explorer, et dont la plupart sont bouchés par des papyrus. Enfin on découvre un bras qui va s'élargissant et le long duquel apparaissent bientôt quelques villages. Plus de doute, on est dans le Ghazal. On le suit dès lors sans obstacle et l'on arrive au lac Nô, d'où, par le Nil qui le traverse à son extrémité, il sera aisé de gagner Fachoda. Sûr désormais de pouvoir guider la mission, Baratier, du lac Nô, retourne par le même chemin au fort Desaix, où il rentre le 26 mars, deux mois et demi après qu'il en était parti.

Tandis que le capitaine Baratier opérait cette reconnaissance marquée par tant de péripéties, Marchand ouvrait une route par terre entre le fort Desaix et Dem-Ziber, et une autre, à travers le pays marécageux des Djours, menant du fort Desaix à la Meschra, c'est-à-dire au point de jonction du bas Soueh et du Ghazal, où un poste fut également fondé. Le 4 juin, après avoir attendu une certaine crue des eaux (1), il s'engageait à son tour sur le bas Soueh avec ses chalands, guidé par le capitaine Baratier, et atteignait le Bahr-el-Ghazal d'où, par le lac

---

(1) Marchand profita de ce temps d'attente pour faire construire un certain nombre de pirogues qui devaient augmenter sa flottille.

Nô et le Nil, il arrivait le 10 juillet à Fachoda. Le *Faidherbe*, pour lequel on dut attendre aussi une plus grande hauteur des eaux, ne partit que six semaines après, puis, ayant touché à Fachoda, revint, à diverses reprises, à la Meschra, pour y charger les convois transportés du fort Desaix à cet endroit par la voie de terre. Dans l'intervalle, de même qu'on avait établi plusieurs forts sur la ligne du Soueh, on s'était occupé de fortifier Fachoda. Parvenue, après tant d'obstacles et de si longues fatigues, à ce point dominant de son parcours, la mission, avant de se remettre en marche, comptait, pendant un temps, s'y reposer de ses épreuves.

Ce repos fut de courte durée. Le 26 août, avait lieu, comme on sait, une furieuse attaque des Derviches que la mission réussit à repousser. Malgré ce succès, Marchand ne laissait pas d'être inquiet. Les douze à quatorze cents madhistes qui l'avaient attaqué n'étaient peut-être que l'avant-garde de forces plus considérables. Sur ces entrefaites, il apprenait des tribus riveraines du Nil que des « hommes blancs » s'étaient montrés du côté de Nasser, vers le cours supérieur du Sobat. C'étaient cinq mille soldats abyssins que Ménélick avait envoyés au secours de la mission (1). Arrivés à cet endroit huit jours avant que Marchand fût parvenu à Fachoda, ils étaient repartis presque aussitôt, soit par crainte de se rencontrer avec les madhistes, soit que les ordres qu'ils avaient reçus ne fussent pas suffisamment explicites. Le capitaine Baratier, tou-

---

(1) Si l'on compte, comme il convient, deux porteurs, au minimum, par soldat, c'étaient quinze mille hommes envoyés par Ménélick.

jours infatigable et qui, à défaut de Marchand, eût mérité
d'être appelé à commander la mission, alla en hâte à leur recherche sans pouvoir les atteindre. S'étant embarqué le
2 septembre sur le *Faidherbe*, avec l'enseigne de vaisseau
Dyé, il remonta le Nil, puis le Sobat et une partie de la
Djouba, et revint le 13 à Fachoda, ayant fait ainsi en dix
jours près de 600 kilomètres.

On connaît ce qui se passa depuis : l'arrivée inattendue à
Fachoda, le 21 septembre, du vainqueur d'Omdurman ; son
entrevue avec Marchand, entrevue si digne des deux côtés ;
le voyage de Baratier au Caire par la voie du Nil, puis son
voyage à Paris ; son retour le 6 novembre au Caire, où
il trouva Marchand, venu à sa rencontre également par
le Nil ; enfin le retour de l'un et de l'autre à Fachoda,
qu'on avait alors décidé d'abandonner. Nous n'avons pas
à entrer dans les considérations qui motivèrent cette dé-
cision. Il nous suffira de dire qu'elles furent dignes d'une
nation généreuse, qui, sensible avant tout aux idées de
civilisation, sait placer par-dessus ses prétentions, par-
dessus même ce qu'elle considère comme ses droits, les
grands intérêts de la paix des peuples. Si l'on dut abandonner le poste qu'au nom de la France on avait établi à
Fachoda, la route qu'on avait ouverte jusque-là n'en de-
meurait pas moins glorieusement tracée. Se conformant
aux instructions qu'il avait reçues, Marchand se prépara
à entreprendre la dernière partie de son parcours, qui
était de se diriger du Nil vers l'Abyssinie, et, après avoir
traversé l'empire du Négus, de gagner la mer Rouge. Le
11 décembre, il évacuait Fachoda. On retira alors le drapeau qui, depuis quatre mois, s'élevait au-dessus du fort

et qui, au combat du 26 août, avait été troué par les balles des Derviches.

La nouvelle route qu'allait suivre la mission consistait d'abord à remonter le Nil, puis le Sobat jusqu'à Deng, capitale des Abigars, située vers le confluent de la Djouba et du Baro. Là elle trouvait un chemin déjà à demi tracé par la mission Bonchamps (1). On se rappelle que celle-ci, partie de Djibouti en février 1897 et qui devait, elle aussi, se porter jusqu'au Nil, arriva le 29 décembre de cette même année sur la rive droite de la Djouba, en vue de Deng, épuisée, presque sans vivres, diminuée de ses porteurs qui avaient peu à peu déserté, et que, manquant de bateaux pour franchir la Djouba, large, à cet endroit, de 150 mètres, elle fut obligée de retourner sur ses pas. Marchand, avec le *Faidherbe* et ses chalands, accompagné d'ailleurs d'un personnel éprouvé, n'a pas eu à subir les mêmes difficultés. Parvenu sur le haut Sobat (2), au lieu de franchir la Djouba et de s'engager dans les plaines marécageuses qu'avait si péniblement traversées la mission Bonchamps, il a continué de prendre les voies fluviales et a remonté le Baro jusqu'à Itiop, non loin du point de rencontre de ce fleuve avec la rivière Birbir. A la vérité, le trajet fut lent, en raison des très forts courants contre lesquels on avait eu à lutter, notamment sur le Baro, fleuve

---

(1) Le capitaine Baratier, en quittant Paris pour revenir au Caire, en avait rapporté, avec l'ordre d'évacuer Fachoda, l'itinéraire de M. de Bonchamps. On trouvera cet itinéraire dans le bulletin de septembre 1898 du comité de l'*Afrique française*.

(2) La mission fut accompagnée sur le Sobat jusqu'à Nasser par le colonel anglais Maxwel et le bateau anglais le *Metemneh*.

puissant qu'on a comparé au Rhône. C'est le 11 janvier que la mission arriva à Itiop. Laissant là ses embarcations (1) et se procurant des porteurs pour ses charges encore nombreuses, Marchand prit dès lors la voie de terre. Il ne tarda pas à passer la Birbir, et se trouva bientôt au pied du grand massif abyssin où commence la domination éthiopienne. Par une première rampe de 650 mètres, puis une autre, plus raide, de 1000 mètres, qu'on ne gravit qu'avec peine, il atteignit Bouré et de là parvint, le 29 janvier, à Goré, ancien quartier général de M. de Bonchamps. Ménélick, averti que Marchand approchait de ses États, avait envoyé des ordres pour que, par tous les moyens, on lui facilitât la route. Accueillie avec empressement par le dedjaz Tessamma, la mission, après un repos de quelques jours, repartit de Goré, et, par des chemins mal frayés, — non plus à pied, cette fois, mais à dos de mulets, ce qui allégeait ses fatigues, — continua de s'avancer dans l'Abyssinie. Elle gagna ainsi la Didessa, affluent du Nil bleu, qu'elle dut franchir, puis la rivière de l'Omo, qu'elle franchit également, et, après une nouvelle et longue marche, reçue partout avec honneur, elle entra le 11 mars, comme en triomphe, dans la capitale de l'Abyssinie.

Nous n'avons pas besoin de dire que le nouveau parcours suivi depuis Fachoda par la mission n'a pas été non plus sans profit pour la science, bien qu'on manque encore à cet égard de renseignements précis. Déjà, en septembre dernier, le capitaine Baratier, en allant à la recherche des

---

(1) Elles ont été abandonnées aux Abyssins.

soldats abyssins, avait relevé le cours du Sobat et de la Djouba. Continuant et étendant ses explorations, il a dressé la carte de tout le bassin du Sobat. Il a dressé de même celle des pays placés au nord du Baro sous le commandement du dedjaz Damassié. Nul doute que la traversée du plateau abyssin n'ait été aussi pour nos officiers l'occasion d'apporter une utile contribution à la géographie de ces régions. On sait que le système hydrographique de ces contrées a donné lieu jusqu'ici à de nombreuses controverses. La ligne de partage des eaux entre les bassins du Nil et ceux des rivières qui se jettent dans l'océan Indien n'est encore qu'imparfaitement connue. Ce sont autant de points que la mission aura voulu fixer. Depuis qu'elle a quitté Addis-Abbaba, on est sans nouvelles de sa marche. De la capitale de l'Abyssinie à l'océan Indien on compte 1000 kilomètres. Reprenant vraisemblablement la route suivie antérieurement par la mission Bonchamps, elle aura côtoyé à distance la rivière de l'Aouache, au delà de laquelle elle sera entrée dans le désert Dankali qu'elle aura traversé, puis, après avoir gravi les hauteurs de Kouni et de Tcholonka, aura gagné Harrar, où, d'après le temps employé par M. de Bonchamps pour faire le chemin inverse, on peut croire qu'elle est déjà parvenue. De là, par des voies moins difficiles et en se servant du chemin de fer commencé de ce côté, elle se sera dirigée sur Djibouti. Quand enfin elle aura atteint ce terme extrême de l'immense parcours qui lui était assigné, ayant porté avec elle, de l'Atlantique à la mer Rouge, le drapeau national, elle aura opéré une des plus remarquables traversées de l'Afrique qu'on ait encore faites et ajouté une page glorieuse à l'histoire des grandes explorations contemporaines.

Telle est, Messieurs, résumée à grands traits et considérée en dehors de certains résultats qu'un traité récent a pu modifier, l'œuvre accomplie par le commandant Marchand. En même temps qu'il a porté le nom de la France en des régions ignorées, il a bien mérité de la science en complétant des données géographiques jusqu'ici imparfaites, en fixant la topographie de parties mal connues ou encore inexplorées, en relevant le cours de rivières et de fleuves qu'on jugeait innavigables, en cherchant enfin à ouvrir une nouvelle route entre nos possessions de l'Afrique occidentale et le Nil et en rattachant à cette route, par des données plus précises, celle que, de la mer Rouge au Nil, avaient avant lui essayé de tracer d'autres missions. C'est au prix de difficultés inouïes, de privations de toute sorte et parfois de graves périls, qu'il a accompli cette œuvre, et cela, soutenu du seul désir de servir et de glorifier la France. A tous ces titres, il nous a paru mériter la récompense que nous vous proposons de lui décerner. Nous n'entendons pas, d'ailleurs, en la lui accordant, le séparer de ses compagnons et, en particulier, du capitaine Baratier qui a si vaillamment contribué au succès de la mission. Nous décernons le prix Audiffred, dans la personne du commandant Marchand, à la mission tout entière ; nous voulons que tous ceux qui l'ont secondé d'un courage souvent héroïque aient avec lui leur part d'honneur, comme ils ont eu avec lui leur part de périls et d'épreuves.